Analyse de l'œuvre

Par Marie Chabin

Pastorale américaine

de Philip Roth

lePetitLittéraire.fr

Analyse de l'œuvre

Par Marie Chabin

Pastorale américaine

de Philip Roth

Rendez-vous sur lepetitlitteraire.fr et découvrez :

Plus de 1200 analyses
Claires et synthétiques
Téléchargeables en 30 secondes
À imprimer chez soi

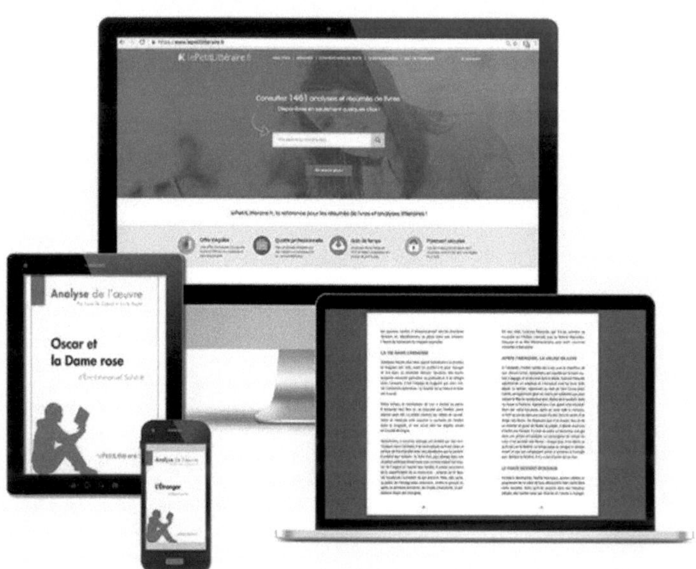

PHILIP ROTH

ÉCRIVAIN AMÉRICAIN

- **Né en 1933 à Newark (New Jersey, États-Unis)**
- **Décédé en 2018 à New York**
- **Quelques-unes de ses œuvres :**
  - *Opération Shylock : Une confession* (1995), roman
  - *Le Théâtre de Sabbath* (1997), roman
  - *Patrimoine : Une histoire vraie* (1992), roman

Né dans une famille d'immigrés juifs originaires d'Europe de l'Est, Philip Milton Roth grandit à Newark, petite ville de la côte Est des États-Unis où il passe une enfance heureuse. Après des études supérieures, il devient professeur de lettres dans plusieurs universités.

En 1959, il publie un recueil de nouvelles, *Goodbye, Columbus* avant de connaitre un immense succès dix ans plus tard avec son premier roman, *Portnoy et son complexe*, dans lequel il dévoile ses qualités de satiriste et de provocateur.

Décrit comme le maitre incontesté de l'autofiction jusqu'à la parution de *Pastorale américaine*, date à laquelle son œuvre amorce un tournant, Roth brossera de sa plume précise et acerbe, trempée dans l'actualité, le portrait des classes moyennes américaines ainsi que les mœurs de la communauté juive dont il est issu. Sa vie personnelle et ses deux mariages seront également une source d'inspiration dans le traitement d'autres thèmes récurrents : la sexualité, le désir, les femmes, l'infidélité.

Auteur multirécompensé d'une trentaine de romans (*Pastorale américaine* a reçu le prix Pulitzer de la fiction en 1998), Philip Roth annonce en 2012 qu'il n'écrira plus, provoquant l'émoi des lecteurs et des cercles littéraires. *Nemesis* restera son dernier roman publié. Roth décède six ans plus tard, le 22 mai 2018.

PASTORALE AMÉRICAINE

LE RÊVE BRISÉ D'UN BONHEUR ILLUSOIRE

- **Genre :** roman
- **Édition de référence** : *Pastorale américaine*, traduit de l'anglais (États-Unis) par Josée Kamoun, Paris Gallimard Collection Folio, 1999, 580 p.
- **1re édition :** 1997
- **Thématiques :** rêve américain, militantisme politique, guerre du Vietnam, religion, famille, nature

Publié en 1997 aux États-Unis, *Pastorale américaine* est le premier volet de la « trilogie américaine » de Philip Roth qui se poursuivra par *J'ai épousé un communiste* et se conclura par *La tache*. Avec ce triptyque, l'auteur décrit par l'intermédiaire de son alter ego littéraire Nathan Zuckerman le destin de personnages apparemment ordinaires, subissant de plein fouet les secousses politiques et sociales de trois époques différentes.

Ainsi, *Pastorale américaine* retrace la vie de Seymour Levov en mettant en scène l'agitation, l'exaltation et la violence des années 1960 profondément marquées par la guerre du Vietnam.

Fils aîné d'une famille d'immigrés juifs polonais, sportif émérite, directeur de la prospère fabrique de gants familiale, époux comblé d'une ex-reine de beauté, père aimant et citoyen irréprochable, Seymour Levov est l'incarnation du rêve américain. Mais cet homme exemplaire voit sa vie basculer le jour où sa fille, devenue adolescente, pose une bombe dans le magasin de leur paisible bourgade pour protester contre la guerre du Vietnam.

À partir de là, le rêve vole en éclats et une longue descente aux enfers s'amorce, émaillée de vains questionnements, d'introspections coupables et de stupéfiants rebondissements.

RÉSUMÉ

Philip Roth a choisi de diviser son roman en trois parties intitulées : « Le paradis de la mémoire », « La chute » et « Le paradis perdu ». Au lieu de s'articuler autour de ces trois parties, le résumé présenté ci-dessous retrace le déroulement de l'histoire telle que la raconte le narrateur, Nathan Zuckerman.

NATHAN ZUCKERMAN ET SEYMOUR LEVOV : LA RENCONTRE

Le roman s'ouvre sur le portrait de Seymour Levov brossé par l'écrivain Nathan Zuckerman. Plongeant dans ses souvenirs d'enfance, ce dernier se remémore celui que tout le monde surnommait le Suédois pour son physique de séducteur, ses yeux clairs et sa blondeur scandinave. Cet « Apollon des foyers juifs de Weequahic » (p.16) a tout pour plaire : des qualités de sportif de haut niveau, une étonnante modestie et un courage admirable. Comme tous les habitants du quartier, Zuckerman, de quelques années son cadet, suit les exploits de ce héros local : ses prouesses sur les terrains de jeu, son engagement dans les Marines en 1945 puis deux ans plus tard, son retour au bercail où, renonçant à poursuivre ses études à l'université, Levov entre dans la fabrique de gants de son père avant d'oser lui tenir tête en épousant Dawn Dwyer, une Miss New Jersey d'origine irlandaise et de confession catholique.

Près d'un demi-siècle plus tard, Zuckerman, devenu entre-temps un écrivain célèbre, reçoit une lettre du Suédois lui demandant de l'aider à rédiger un hommage à son père récemment décédé. Il précise dans sa missive que ce dernier avait été fortement ébranlé par les chocs subis par ceux qu'il aimait. Mû par la curiosité et l'admiration qu'il vouait jadis à Seymour Levov, Zuckerman accepte de le rencontrer pour discuter du projet.

Les deux hommes se retrouvent dans un restaurant new-yorkais. Volubile, Seymour parle de sa famille – après son divorce qu'il mentionne du bout des lèvres, il s'est remarié et est l'heureux père de trois fils –, mais aussi de Newark, de Jerry, son frère cadet, de ses soucis de santé à présent oubliés. Zuckerman reste toutefois sur sa faim : quels sont donc les chocs qu'il mentionnait dans sa lettre ? La conversation reste superficielle et l'écrivain rentre chez lui, convaincu que Seymour Levov n'est finalement que « l'incarnation du néant » (p.64).

RÉVÉLATIONS À LA SOIRÉE DES ANCIENS ÉLÈVES

Convié au quarante-cinquième anniversaire de sa promotion, Nathan Zuckerman s'immerge une fois encore dans le passé en retrouvant ses anciens camarades de lycée. Les anecdotes fusent ; le temps qui passe prend des aspects parfois cruels. Alors qu'il ne s'y attendait pas, l'écrivain tombe sur Jerry Levov, le frère cadet du Suédois. Zuckerman confie à Jerry qu'il a vu Seymour deux mois auparavant. À sa grande stupeur, Jerry lui annonce que son frère est mort quelques jours plus tôt d'un cancer de la prostate. Zuckerman n'est pas au bout de ses surprises : alors qu'il questionne Jerry au sujet de son frère, ce dernier lui révèle l'existence de Meredith Levov, la fille que Seymour a eue avec sa première épouse.

L'écrivain tombe des nues en écoutant Jerry lui raconter l'histoire de cette fillette élevée à la campagne dans un foyer aimant, qui, à l'âge de seize ans, décida de poser une bombe dans un petit magasin de province pour protester contre la guerre du Vietnam. L'attentat avait fait un mort, le médecin du village. Selon Jerry, Seymour ne s'est jamais remis de cette tragédie. Sa fille est entrée dans la clandestinité, il a continué à la voir en secret pendant de nombreuses années. Puis, au cours d'un repas de famille organisé deux ans plus tôt, Seymour lui a confié que Merry était morte et qu'elle lui manquait terriblement. « La lutte de sa vie a été d'enfouir ce drame » (p.110), conclut Jerry avant de disparaitre, laissant Zuckerman aux prises avec un désarroi insondable et une curiosité dévorante. Son trouble est tel qu'il se laisse aller à imaginer l'incroyable destinée de Seymour Levov, cet homme qu'il avait cru si terriblement lisse.

DU BAISER INTERDIT À LA BOMBE MEURTRIÈRE

Nathan Zuckerman s'efface donc pour laisser la place à Seymour Levov que l'on retrouve dans sa villa du bord de mer, l'été des onze ans de sa fille. De retour de la plage, Merry réclame à son père un baiser d'amoureux. Le Suédois proteste puis, devant le dépit de sa fille, finit par céder. Ce baiser pèsera lourdement sur la conscience de Seymour. Toute sa vie, il se demandera si cet instant d'égarement n'a pas été le déclencheur des événements tragiques survenus quelques années plus tard.

Cette interrogation s'ajoute à une autre concernant le bégaiement pathologique de Merry. Les consultations médicales n'en viendront jamais à bout : Merry continuera de buter sur les mots. Impuissants, les époux Levov assistent ensuite à la métamorphose de leur « petite sauterelle » (p.145) en colosse de seize ans, « gauche et négligée. » (p.145) La phase de rébellion commence : l'adolescente multiplie les séjours à New York, hurle à la figure de ses parents son mépris pour la classe bourgeoise et milite activement contre la guerre au Vietnam. Jusqu'à ce jour fatidique où elle décide de faire sauter le magasin général et la poste attenante, faisant une victime, le médecin de la ville.

RITA COHEN LA MESSAGÈRE

Quatre mois après la disparition de sa fille vraisemblablement en cavale, Seymour Levov reçoit à l'usine la visite de Rita Cohen qui vient lui réclamer de l'argent et des affaires personnelles de la part de Merry. Lors d'un deuxième rendez-vous et malgré les questions pressantes du Suédois, la jeune femme refuse de dire où se trouve Merry. Agressive et provocatrice, elle accuse Seymour d'être responsable de la conduite de sa fille et le pousse dans ses derniers retranchements en lui intimant de « baiser Rita ». Horrifié, Levov prend ses jambes à son cou. Cinq ans passent, ponctués par les émeutes raciales, les manifestations pour les droits civiques et contre la guerre du Vietnam, autant d'événements historiques qui font écho au drame familial des Levov.

En proie à une profonde dépression, Dawn Levov demande à son mari de l'emmener à Genève, car elle souhaite se faire faire un lifting. L'intervention est salvatrice pour l'ancienne reine de beauté qui entame alors une « nouvelle vie intérieure, et extérieure aussi. » (p.262) De son côté, Seymour continue de se débattre avec la culpabilité et les interrogations sans fin, trouvant de brefs moments de répit dans ses souvenirs des jours heureux. L'évocation de leur installation à Old Rimrock, bourgade bucolique où sa femme a décidé de se lancer dans l'élevage des bovins, lui apporte notamment un peu de réconfort. Cinq ans passent et un jour de 1973, Levov reçoit une lettre de Rita Cohen l'informant que sa fille Merry travaille dans une clinique vétérinaire de Newark. Au terme de longues hésitations, Seymour décide d'aller la voir.

LES RETROUVAILLES

Les retrouvailles sont éprouvantes pour le Suédois. Devenue jaïn, sa fille est méconnaissable : au nom de sa nouvelle religion, elle ne se lave plus, s'alimente très peu, respire à travers un voile souillé et vit dans une pièce sordide située dans un quartier mal famé. Elle lui raconte sa vie de fugitive : les viols, les trois autres meurtres qu'elle a commis lorsqu'elle militait encore activement, ses journées passées dans les bibliothèques et enfin, sa découverte du jaïnisme. Toute discussion s'avère impossible : adepte de la non-violence, Merry reste imperméable aux émotions de son père. Seymour repart, dévasté par le chagrin. En quête de réconfort, il téléphone à son frère Jerry qui essaie, à sa manière, mais sans succès, de le sortir de sa torpeur.

L'EFFONDREMENT

Le jour même de cette douloureuse entrevue, un repas réunissant les parents de Seymour et plusieurs amis de la famille fait ressurgir d'autres souvenirs, heureux ou douloureux. En plein scandale du Watergate, tous pensent à Merry sans oser en parler, de peur de blesser Dawn. Celle-ci s'affaire en cuisine, enthousiaste à l'idée d'emménager dans une grande maison moderne dont elle a confié les plans à Bill Orcutt, leur voisin architecte. Peu avant de passer à table, Seymour surprend Dawn et Bill en train de s'embrasser devant l'évier.

Prenant sur lui comme à son habitude, il feint de n'avoir rien vu et assiste en silence aux échanges animés entre les convives et aux diatribes enflammées de son père Lou, s'apprêtant mentalement à dire adieu à tout ce qu'il a tant aimé. Il se remémore au passage sa brève aventure avec Sheila Saltzman, sa seule maîtresse, qui lui révèle ce soir-là avoir hébergé Merry après l'attentat d'Old Rimrock. Tout n'est donc que mensonge et désordre, traitrise et déception. Et il faut bien continuer à vivre avec ça.

ÉTUDE DES PERSONNAGES

SEYMOUR LEVOV DIT LE SUÉDOIS

L'Américain idéal

Né en 1927 au sein d'une famille d'immigrés juifs bien qu'il soit « le meilleur équivalent d'un goy que nous aurions jamais » (p.25), selon la formule de Nathan Zuckerman, Seymour Levov est l'incarnation de l'Américain bien sous tous rapports. Grand blond aux yeux clairs, sportif, doux et bienveillant, dépourvu de vanité alors même que tout le monde l'adule, il fait preuve de courage et de patriotisme en s'engageant dans les Marines à sa sortie du lycée. Renonçant à poursuivre de brillantes études universitaires pour reprendre la fabrique de gants familiale par sens du devoir, il ose toutefois défier son père en épousant Dawn Dwyer, une catholique d'origine irlandaise.

Devenu père à son tour, il savoure les joies de la vie de famille et veille à transmettre à sa fille les valeurs qui lui tiennent à cœur : l'altruisme, la to-lérance, le goût de l'effort, l'amour de la nature. Il apprécie les plaisirs simples de la campagne.

C'est un mari comblé, subjugué par la beauté, la délicatesse et la détermination de sa femme, visiblement prêt à tout pour la rendre heureuse.

Affecté par l'épisode du baiser qu'il n'a pas eu la force de refuser à sa fille, anéanti par l'acte criminel commis par cette dernière, il éprouvera toute sa vie un sentiment de culpabilité qu'il s'efforcera de refouler pour continuer de mener une vie apparemment normale.

« Cette virginité n'est pas un masque. Tu cherches des profondeurs absentes. Ce type est l'incarnation du néant»(p.64), songe de prime abord Nathan Zuckerman, confondu par tant de conformisme et de banalité.

Derrière ce masque se cachent pourtant une violence contenue ainsi qu'une abnégation et une capacité de résilience extraordinaires qui lui permettront de supporter d'innombrables épreuves.

DAWN LEVOV, NÉE DWYER

Une reine de beauté aux multiples facettes

Avec sa longue chevelure brune et soyeuse, ses yeux pâles et sa silhouette menue, la femme du Suédois a été élue Miss New Jersey en 1949 et a concouru la même année pour l'élection de Miss Amérique. Cette catholique d'origine irlandaise doit affronter la méfiance initiale de sa belle-famille, et plus particulièrement les attaques perfides de Lou Levov. N'aspirant qu'à la « normalité », elle renonce à enseigner la musique pour élever des bovins dans leur vaste propriété, témoignant d'une grande force de volonté.

C'est une mère attentionnée, quoiqu'un peu distante. D'abord désemparée par le bégaiement de Merry, elle ne comprendra pas la rébellion de sa fille adolescente et s'avèrera incapable de renouer le dialogue lorsque celle-ci s'éloignera. Après l'attentat, Dawn sombre dans une longue période de dépression suicidaire dont elle sortira en feuilletant les pages du magazine *Vogue*. En effet, elle qui prétendait n'attacher aucune importance à la beauté physique reprendra finalement goût à la vie en subissant une opération de chirurgie esthétique. Consciente de l'emprise qu'elle exerce depuis toujours sur son mari, elle le persuade de vendre la demeure en pierres grises qu'il aime tant, bien décidée à rompre définitivement avec ce passé dramatique. Plus vulnérable qu'elle n'y parait, elle se réfugie dans sa féminité et utilise son pouvoir de séduction pour tenter de tourner la page : nouveau visage, nouvel amant, nouvelle vie.

MEREDITH LEVOV (MERRY)

L'enfant perdue

Née en 1951, Merry Levov est une jolie petite fille gracile, curieuse et dotée d'un caractère bien trempé qui grandit sous l'œil bienveillant de ses parents. Elle voue une admiration sans bornes à son père et aide volontiers sa mère à s'occuper de son élevage. Seul son bégaiement réfractaire à toute thérapie pourrait lui empoisonner la vie, mais elle-même ne semble pas gênée par ce handicap. Au collège, ses professeurs la trouvent intelligente, mais entêtée, et soulignent ses idées originales. C'est à l'adolescence que tout se gâte : Merry rejette violemment les valeurs de sa classe sociale et participe à des manifestations contre la guerre du Vietnam. Après avoir fait sauter le magasin et la poste d'Old Rimrock, elle vit dans la clandestinité et subit de nombreuses agressions qu'elle surmonte sans jamais songer à se rendre. Elle renonce finalement à son engagement politique pour amorcer une nouvelle phase mystique. En révolte permanente contre ses parents qu'elle méprise rageusement, elle est obsessionnelle et jusqu'au-boutiste. Rien ni personne, pas même son père chéri, ne réussira à lui faire entendre raison. La vie d'ascète qu'elle a choisie en devenant jaïn ressemble aux yeux du Suédois à une forme de folie.

JERRY LEVOV

Le fils émancipé

Frère cadet du Suédois, Jerry est l'antithèse de son aîné. Physique ordinaire et « visage de fouine », il est exubérant, irascible, souvent brutal, notamment dans ses rapports avec son père et son frère dont il ne supporte pas la passivité. Lui vit sa vie comme il l'entend, indifférent à l'opinion des autres. Brillant chirurgien cardiaque, il s'est éloigné du cercle familial pour s'installer à Miami. Son père Lou le décrit comme « le spécialiste du divorce » (p.498). Et ses nouvelles épouses sont toutes des infirmières beaucoup plus jeunes que lui.

Ami d'enfance de Nathan Zuckerman, c'est lui qui révèle à l'écrivain l'existence de Merry Levov.

Bien que le caractère égal, voire apathique, de son frère l'agace profondément, il le tient en haute estime (« Mon frère, c'était ce qui se fait de mieux dans ce pays, et de loin. » — p.99) et ne cache pas sa haine pour cette nièce qu'il tient pour responsable des malheurs de Seymour.

LOU LEVOV

Un père à la personnalité écrasante

Lou Levov fait partie de la deuxième génération de cette famille d'immigrés juifs. Il a travaillé dur pour créer la fabrique de gants Newark Maid et a transmis tout son savoir-faire à son fils aîné, Seymour. Petit homme « maigre et noueux » (p.26), il mène son monde à la baguette et supporte mal qu'on lui tienne tête. Très attaché à la religion, il voit d'un mauvais œil le mariage de son aîné avec une shiksè, une femme non-juive, et reste persuadé que Merry n'aurait pas commis d'acte terroriste si elle avait été élevée dans le respect de la religion juive.

C'est un grand-père très proche de sa petite-fille. Lorsque celle-ci commence à s'intéresser à la politique, il essaie de lui faire comprendre qu'il n'est pas nécessaire d'appartenir à un groupe révolutionnaire pour changer le monde. D'autres moyens existent.

Sa tendance à exprimer ses opinions tranchées sur tous les sujets et à vouloir raisonner sans cesse son entourage lui vaudra quelques mésaventures, notamment à la fin du roman.

Lou Levov est marié à Sylvia, femme au foyer discrète et aimante. Le bonheur de Sylvia dépend de celui de ses proches : elle passe son temps à essayer d'arrondir les angles pour que tout aille bien.

RITA COHEN

La mystérieuse émissaire

« Fille minuscule au teint de papier mâché » (p.67) avec un visage poupin auréolé d'une « tignasse crépue » (p.67), Rita Cohen est le personnage le plus énigmatique et le plus sulfureux du roman. Cette jeune femme frêle n'a aucune limite : elle dit tout ce qui lui passe par la tête et prend un malin plaisir à provoquer le Suédois, consciente de son pouvoir sur lui. Se présentant comme une amie puis comme une « disciple » de Merry, elle est le seul lien qui l'unit encore à sa fille et c'est elle qui, cinq ans après leurs premières entrevues, lui révèle l'endroit où travaille Merry.

Perverse et vicieuse, elle tient un rôle phare dans le processus de narration puisque son existence même est remise en question d'abord par le Suédois qui, choqué par la conduite et les propos scandaleux de cette fille hystérique, se demande si elle n'est pas une création de son imagination – mais dans ce cas, comment aurait-il retrouvé sa fille ? – puis par Merry elle-même qui affirme ne pas la connaître.

Rita Cohen est donc là pour semer le doute à la fois dans l'esprit du Suédois et dans celui du lecteur. Soudain mal à l'aise, ce dernier s'interroge sur les relations confuses entre la fiction et la réalité et sur le spectre de la folie.

NATHAN ZUCKERMAN

L'écrivain aux multiples casquettes

Auteur à succès (nous reviendrons plus largement sur son rôle d'alter ego fictionnel dans la troisième clé de lecture), Nathan Zuckerman retrouve ici des amis d'enfance qui ont grandi comme lui dans le quartier juif de Weequahic, à Newark.

À soixante-trois ans, il se remet difficilement d'une opération de la prostate, vit seul et se consacre entièrement à l'écriture.

Contacté par Seymour Levov, l'idole de son enfance, il se rend au rendez-vous par curiosité, la tête pleine de souvenirs émerveillés. Mais l'homme qu'il retrouve au restaurant lui parait soudain bien fade (une « incarnation de la platitude », p.43) et gagné par l'ennui, il doit se retenir de ne pas partir avant la fin du repas.

C'est en rencontrant Jerry Levov lors de la soirée des anciens élèves qu'il comprend sa méprise. Passé le choc de la surprise – le Suédois est mort et il avait une fille cachée, une terroriste poseuse de bombe –, Zuckerman jubile à l'idée de raconter la fascinante histoire de cet homme qu'il a jugé trop rapidement. Mais très vite, l'écrivain s'efface pour céder la parole au héros de son enfance, le Suédois en personne.

CLÉS DE LECTURE

LES MUTATIONS DU RÊVE AMÉRICAIN

En balayant un siècle d'histoire de la fin du XIXe siècle jusqu'aux années 1990, *Pastorale américaine* expose plusieurs visions du fameux *American dream*. Il est ici présenté depuis l'époque industrielle, dominée par le désir d'intégration des familles immigrées et la volonté de réussir par le travail, à la fin du millénaire placée sous le signe de la fragilité tant humaine qu'économique. Le roman s'attache toutefois plus particulièrement à la période de l'après-guerre jusqu'au début des années 1970.

La terre promise

Avant l'attentat commis par sa fille, le Suédois incarne à lui seul cette vision primitive, voire simpliste, du rêve américain : l'accomplissement de l'individu par l'éducation, la glorification d'un corps sain sculpté par le sport, l'engagement patriotique, le goût du travail bien fait et l'attachement aux valeurs familiales, l'esprit d'entreprise, l'importance symbolique de la propriété privée, le sentiment de liberté... Tout est dit dans la vibrante déclaration que Seymour Levov adresse à sa femme (p.431-432) :

> « L'usine, j'avais envie d'y être depuis que je suis tout petit. Le terrain, j'avais envie d'y être depuis que j'avais commencé la maternelle. Et la maison, ici, j'ai su que je voulais y être depuis que je l'ai vue. Et pourquoi je n'irais pas là où j'ai envie d'être ? Pourquoi je ne serais pas qui j'ai envie d'être ? C'est pas ça, l'avantage d'être américain ? [...] On est propriétaires d'une parcelle d'Amérique, Dawn. Je ne vois pas comment je pourrais être plus heureux. J'ai réussi, j'ai réussi, chérie ! J'ai réussi ce que j'avais entrepris ! »

Au cours de ses promenades à travers la campagne, il se prend pour Johnny Appleseed (surnom de John Chapman, célèbre botaniste considéré comme l'un des premiers écologistes américains) et s'imagine en train de semer à tout vent des graines de pommier comme on sèmerait des graines de liberté.

Terre de liberté où tout est permis ?

La liberté, justement... N'est-ce pas elle qui permet à Seymour Levov de s'affranchir des rites de la religion juive ? En refusant de se rendre à la synagogue, ne jette-t-il pas le premier pavé dans la vitrine du rêve américain pétri de croyances religieuses, qu'elles soient catholiques, protestantes, juives ? Le roman met en lumière les tensions existant entre les différentes communautés, et particulièrement entre la famille juive du Suédois et la famille catholique de Dawn, malgré un puissant désir d'intégration. Des fissures apparaissent, des fossés générationnels se creusent, laissant entrevoir d'autres bouleversements plus profonds.

Le rêve déformé, pulvérisé

Au fil du temps, le rêve se transforme, le progrès gagne du terrain, les valeurs se diluent. Le monde extérieur s'invite dans la sphère privée et si les « anciens » tentent de s'accrocher aux symboles d'un bonheur passé où tout était finalement plus simple, les jeunes ouvrent les yeux et réagissent. Il en est ainsi pour Merry Levov, comme l'explique son oncle Jerry à Nathan Zuckerman (p.103) :

> « Les paradoxes de l'Amérique héroïque. Seymour, c'était son truc, l'Amérique héroïque. La gamine, non. Il l'avait fait vivre hors du temps,

> elle a remis les pendules à l'heure. [...] Adieu l'Amérique héroïque. Bonjour le temps du réel. »

Les turbulences de l'histoire floutent les lignes qui paraissaient jusqu'alors si nettes et le constat est cruel :

> « Trois générations. Toutes en ascension sociale. Le travail, l'épargne, la réussite. Trois générations en extase devant l'Amérique. Trois générations pour se fondre dans un peuple. Et maintenant, avec la quatrième, anéantissement des espoirs. Vandalisation totale de leur monde. » (p.329)

L'HISTOIRE AU CŒUR DU ROMAN

La notion de temps qui passe tient une place essentielle dans *Pastorale américaine*. En effet, c'est toute une tranche de l'histoire américaine que relate Nathan Zuckerman en racontant la vie du Suédois. Très vite, les événements politiques viennent troubler la vie de la famille Levov, jusque-là ancrée dans une normalité rassurante. Si l'on ne peut pas lutter contre les éléments déchainés, on ne peut rien faire non plus contre la force de l'Histoire.

La place centrale de la guerre du Vietnam

En 1968, date à laquelle Merry Levov pose une bombe dans le magasin général et la poste d'Old Rimrock, le président Lyndon Johnson a encore intensifié l'engagement des forces américaines dans la guerre menée contre le Vietnam du nord communiste par l'envoi massif de militaires sur le terrain. Les combats font rage, causant de nombreuses pertes humaines dans le camp américain. L'opinion publique, qui soutenait jusqu'alors l'action de l'administration Johnson, commence à douter du bien-fondé de sa stratégie. La contestation enfle sur le sol américain. Les premiers militants du mouvement pacifiste sont des étudiants et des intellectuels, bientôt rejoints par les activistes du mouvement des droits civiques et les groupuscules communistes.

La révolte de Merry Levov s'inscrit dans ce contexte. Profondément marquée, à l'âge de onze ans, par les images terrifiantes d'un moine bouddhiste en train de s'immoler par le feu dans une rue de Saïgon en signe de protestation contre le régime sud-vietnamien, la jeune fille affirme très tôt sa détermination à s'opposer à cette guerre qu'elle juge ignoble (p.147) :

Ce conflit situé à plusieurs milliers de kilomètres de chez elle lui fait prendre conscience de son statut de privilégiée, elle, la petite fille blanche issue d'un milieu aisé, et la pousse du même coup à rejeter les valeurs bourgeoises de sa famille. Quand l'histoire ouvre les yeux…

Le mouvement des droits civiques

Le rêve américain ne s'adresserait donc pas à tout le monde. Le thème du communautarisme parcourt le roman et là encore, les événements liés à la question de l'égalité des droits s'infiltrent dans les destinées personnelles. Évoquées lors d'un dialogue imaginaire entre Seymour Levov et Angela Davis (militante du mouvement des droits civiques, ex-membre des Black Panthers, intellectuelle féministe), les émeutes raciales de juillet 1967 qui se déroulent dans les rues de Newark mettent également en péril l'équilibre de la famille Levov. Le Suédois a vécu ces émeutes retranché à l'intérieur de l'usine avec la contremaîtresse noire de Newark Maid. Une fois le calme à peu près revenu, la qualité de la production commence à décliner, mais il refuse de céder aux invectives de son père qui lui conseille d'évacuer la fabrique, car il a peur de décevoir Merry si elle venait à apprendre la nouvelle. Il l'entend déjà dire (p.231) :

> « Il a osé ! Mon propre père ! Il est bien aussi pourri que les autres ! Le principe de profit justifie tout ! Pour lui, l'usine de Newark n'est qu'une colonie de nègres. Il faut l'exploiter jusqu'à la moelle, et, dès que ça foire, on la liquide ! »

Le scandale du Watergate

Dans *Pastorale américaine*, l'évocation de cette affaire d'espionnage politique qui a ébranlé les États-Unis de 1972 à 1974 permet de mettre en lumière l'engagement citoyen de Lou Levov et de s'attarder sur les rapports que celui-ci entretenait avec sa petite-fille. « "Je suis démocrate depuis toujours", Merry écoute, "Je suis démocrate depuis toujours…" » (p.399), martelait-il pour tenter de l'amadouer. Le grand-père et l'adolescente se lançaient souvent dans de longues discussions politiques.

Lou, effrayé par la virulence de Merry, s'efforçait de l'orienter vers d'autres moyens de résistance plus pacifistes. Il lui avait ainsi confié qu'il adressait régulièrement des missives véhémentes aux sénateurs en charge des affaires du pays. « On vit en démocratie, dieu merci, ma puce. C'est pas la peine de t'en prendre à ta famille. Tu peux écrire. Tu peux voter. Tu peux monter sur une caisse à savon et faire un discours. » (p.397) disait-il encore à Merry qui lui clouait invariablement le bec d'une réplique rageuse. Une fois encore, la destinée du pays et celle des protagonistes du roman sont intimement liés.

UNE CONSTRUCTION NARRATIVE TORTUEUSE

Naviguant entre plusieurs périodes du passé et différents points de vue, Philip Roth entraine le lecteur dans les méandres d'un texte dense aux rouages parfaitement huilés.

Nathan Zuckerman, l'alter ego fictionnel

Écrivain à succès, Zuckerman apparait dans neuf romans de Philip Roth. Comme lui, il est né en 1933 et a grandi à Newark, New Jersey, dans

le quartier juif de Weequahic. Dans *Les Faits :
Autobiographie d'un romancier*, Zuckerman
s'adresse directement à Roth et déclare lui offrir
la possibilité d'écrire librement, sans tabou ni
retenue. Ce procédé de mise en abyme (pour
rappel, une mise en abyme désigne en littérature
l'enchâssement d'un récit dans un autre récit)
permet en effet à l'auteur Philip Roth de se cacher
derrière un masque pour livrer une satire sociale
féroce, donner libre cours à son ironie décapante
et s'autoriser tous les fantasmes.

Même si Nathan Zuckerman ne fait qu'une brève
apparition dans *Pastorale américaine*, son rôle
y est essentiel. Il est le narrateur d'une grande
partie du chapitre intitulé « Le paradis de la
mémoire » et s'efface assez brutalement, après
quelques lignes de transition (p.131) :

> « Je rêvai d'une chronique réaliste. J'entrepris de
> jeter les yeux sur sa vie ; non pas sa vie de dieu ou
> de demi-dieu dont les triomphes nous faisaient
> exulter gamins, mais sa vie d'homme aussi vul-
> nérable qu'un autre. C'est ainsi que sans savoir
> pourquoi [...], je le trouvai à Deal, New Jersey,
> dans la villa de bord de mer, l'été des onze ans
> de sa fille... »

À partir de là, le Suédois prend la parole et raconte son histoire à la troisième personne. Cette fois, c'est Zuckerman qui se dissimule derrière un masque.

On a pourtant l'impression de le voir ressurgir périodiquement, lors de ruptures narratives se manifestant par des changements brutaux de registres de langue ou par des réactions inconséquentes de la part de cet homme.

Liberté narrative

D'un point de vue stylistique, *Pastorale américaine* apparait comme un patchwork de procédés littéraires. Outre la mise en abyme mentionnée ci-dessus, Roth utilise le monologue intérieur, le dialogue imaginaire (avec Angela Davis) ainsi que l'introspection lyrique. Les dialogues entre les personnages mêlent le tragique au comique. Et Roth s'amuse même à retranscrire sous la forme d'un interrogatoire de police les questions posées par Lou Levov à Dawn Dwyer avant que celle-ci ne devienne sa bru.

Les descriptions abondent de détails (relire par exemple la visite guidée de Newark Maid et l'explication des différentes étapes de fabrication d'une paire de gants), les épisodes historiques sont relatés de manière précise. Les sauts temporels s'enchainent ; marqueur du postmodernisme, la chronologie fragmentée fait écho aux fluctuations de points de vue, obligeant le lecteur à s'adapter aux situations à la manière du narrateur principal.

Fiction et réalité : un jeu savamment orchestré

Autre élément du roman postmoderne, le rejet de toute certitude au profit du doute transparait tout au long de l'œuvre.

Très vite, le lecteur est amené à se demander si Nathan Zuckerman invente le récit de la vie du Suédois ou s'il s'inspire vraiment de faits réels. Lui-même le laisse entendre lorsqu'il imagine la réaction de Jerry Levov à la lecture de son manuscrit (p.111) :

> « La femme ne ressemblait pas du tout à ça, la gosse ne ressemblait pas du tout à ça. Même sur mon père tu t'es planté. Je te parle même pas de ce que tu as fait de moi. [...] Mais mon frère

c'était un type qui avait des problèmes cognitifs, justement – ça ressemble pas du tout à son type d'intelligence ; ça c'est justement l'intelligence qu'il avait pas. Tu lui attribues même une maî-tresse, nom de Dieu. Quelle erreur de jugement, Zuck. À côté de la plaque. Comment t'as pu merder à ce point, à ton âge… ? »

Le personnage de Rita Cohen suscite les mêmes interrogations : existe-t-elle réellement dans la vie du Suédois ou n'est-elle que le fruit de son imagination, le personnage indispensable aux retrouvailles avec sa fille ? Dans tous les cas, pourquoi Merry nie-t-elle son existence ?

L'absurde de la situation n'échappe pas au lec-teur, surpris de se poser des questions sur l'exis-tence d'un personnage de fiction ou sur la réalité de faits n'ayant de toute manière jamais eu lieu dans la « vraie » vie puisqu'issus de l'esprit de Philip Roth – en dehors bien sûr des événements historiques largement documentés.

Ce tourbillon d'interrogations forcément sans réponses donne le vertige. Et c'est dans ce chaos habilement agencé par l'auteur que surgit la possibilité de la folie, évoquée à plusieurs re-prises, presque sournoisement. Chez Merry, par exemple : « Elle était folle depuis l'âge de quinze ans, cette gamine, et lui, par gentillesse et par stupidité, il avait toléré cette folie. » (p.337) Ou encore dans la bouche de Jerry : « Grâce à ta fille, tu es dans la merde jusqu'au cou, la vraie merde de la folie américaine. » (p.383)

Coupant court à ces élucubrations existentialistes, le dernier paragraphe ancre de nouveau le récit dans la réalité fictionnelle. Une voix nouvelle s'élève, s'adressant au monde entier pour marteler quelques mots teintés d'ironie : « Et qu'est-ce qu'on lui reproche à leur vie ? Qu'on nous dise ce qu'il y a de moins répréhensible que la vie des Levov ! »(p.580) Comme si venait de sonner l'heure du Jugement dernier...

PISTES DE RÉFLEXION

QUELQUES QUESTIONS POUR APPROFONDIR SA RÉFLEXION...

- Dans *Pastorale américaine*, Nathan Zuckerman est censé écrire la biographie de Seymour Levov. Lui confieriez-vous la mission de rédiger l'histoire de votre vie ? Argumentez votre réponse.
- Philip Roth a déclaré dans plusieurs interviews que *Pastorale américaine* était un roman sur la guerre du Vietnam. À votre avis, pourquoi considérait-il que ce thème était le plus important, parmi tous ceux abordés dans l'œuvre ?
- L'alter ego fictionnel, ou double littéraire, est un procédé souvent utilisé dans la littérature. Pouvez-vous citer d'autres auteurs, anciens ou contemporains, ayant eu recours à cet artifice ?
- Selon vous, pourquoi l'auteur a-t-il choisi d'intituler son roman *Pastorale américaine* ?
- Newark Maid, les descriptions détaillées des étapes de la confection d'une paire de gants,

l'évocation des peaux tannées... Quelle symbolique se cache derrière ces éléments ?

- « Pourquoi » ? Le Suédois passera sa vie à se demander pourquoi sa fille chérie est devenue une terroriste meurtrière. Proposez-lui au moins trois explications motivées par des éléments repérés dans le texte.

- « Les hors-la-loi sont partout. Ils sont dans nos murs. » (p.501), songe Le Suédois après avoir découvert l'infidélité de sa femme. Que pensez-vous de cette réflexion ? D'un autre point de vue, êtes-vous d'accord avec Marcia Umanoff quand elle avance qu'« il n'est pas de connaissance sans trangression » (p.493) ?

- La religion occupe une place importante et plusieurs communautés cohabitent dans le roman. Quelles sont les idées véhiculées sur le mariage interreligieux ?

Votre avis nous intéresse !
Laissez un commentaire sur le site de votre librairie en ligne
et partagez vos coups de cœur sur les réseaux sociaux !

POUR ALLER PLUS LOIN

ÉDITION DE RÉFÉRENCE

- *Pastorale américaine*, traduit de l'anglais (États-Unis) par Josée Kamoun, Paris, Gallimard collection Folio, 1999, 580 p.

ÉTUDES DE RÉFÉRENCE

- SAVIGNEAU, P., *Avec Philip Roth*, Paris, Gallimard, 2014
- ROTH PIERPONT, C.; *Roth délivré : un écrivain et son œuvre*, traduit de l'anglais (États-Unis) par Juliette Bourdin, Gallimard, Hors-série Littérature, 2016
- LEVY, P., *American Pastoral, la vie réinventée*, Presses Universitaires de France, collection CNED, 2012.

SOURCES COMPLÉMENTAIRES

- Entretien de Philip Roth avec Alain Finkielkraut sur France Culture, 1999 https://www.france-culture.fr/litterature/philip-roth-il-faut-passer-par-la-stupidite-pour-ne-pas-etre-un-con

ADAPTATION

- *American Pastoral*, 2016, film réalisé par Ewan McGregor.

Retrouvez notre offre complète sur lePetitLittéraire.fr

- des fiches de lectures
- des commentaires littéraires
- des questionnaires de lecture
- des résumés

ANOUILH
- Antigone

AUSTEN
- Orgueil et Préjugés

BALZAC
- Eugénie Grandet
- Le Père Goriot
- Illusions perdues

BARJAVEL
- La Nuit des temps

BEAUMARCHAIS
- Le Mariage de Figaro

BECKETT
- En attendant Godot

BRETON
- Nadja

CAMUS
- La Peste
- Les Justes
- L'Étranger

CARRÈRE
- Limonov

CÉLINE
- Voyage au bout de la nuit

CERVANTÈS
- Don Quichotte de la Manche

CHATEAUBRIAND
- Mémoires d'outre-tombe

CHODERLOS DE LACLOS
- Les Liaisons dangereuses

CHRÉTIEN DE TROYES
- Yvain ou le Chevalier au lion

CHRISTIE
- Dix Petits Nègres

CLAUDEL
- La Petite Fille de Monsieur Linh
- Le Rapport de Brodeck

COELHO
- L'Alchimiste

CONAN DOYLE
- Le Chien des Baskerville

DAI SIJIE
- Balzac et la Petite Tailleuse chinoise

DE GAULLE
- Mémoires de guerre III. Le Salut. 1944-1946

DE VIGAN
- No et moi

DICKER
- La Vérité sur l'affaire Harry Quebert

DIDEROT
- Supplément au Voyage de Bougainville

Dumas
- Les Trois
  Mousquetaires

Énard
- Parlez-leur
  de batailles,
  de rois et
  d'éléphants

Ferrari
- Le Sermon sur la
  chute de Rome

Flaubert
- Madame Bovary

Frank
- Journal
  d'Anne Frank

Fred Vargas
- Pars vite et
  reviens tard

Gary
- La Vie devant soi

Gaudé
- La Mort du
  roi Tsongor
- Le Soleil des
  Scorta

Gautier
- La Morte
  amoureuse
- Le Capitaine
  Fracasse

Gavalda
- 35 kilos d'espoir

Gide
- Les
  Faux-Monnayeurs

Giono
- Le Grand
  Troupeau
- Le Hussard
  sur le toit

Giraudoux
- La guerre de
  Troie
  n'aura pas lieu

Golding
- Sa Majesté des
  Mouches

Grimbert
- Un secret

Hemingway
- Le Vieil Homme
  et la Mer

Hessel
- Indignez-vous !

Homère
- L'Odyssée

Hugo
- Le Dernier Jour
  d'un condamné
- Les Misérables
- Notre-Dame
  de Paris

Huxley
- Le Meilleur
  des mondes

Ionesco
- Rhinocéros
- La Cantatrice
  chauve

Jary
- Ubu roi

Jenni
- L'Art français
  de la guerre

Joffo
- Un sac de billes

Kafka
- La Métamorphose

Kerouac
- Sur la route

Kessel
- Le Lion

Larsson
- Millenium I. Les
  hommes qui
  n'aimaient pas
  les femmes

Le Clézio
- Mondo

Levi
- Si c'est un
  homme

Levy
- Et si c'était vrai…

Maalouf
- Léon l'Africain

MALRAUX
- La Condition
  humaine

MARIVAUX
- La Double
  Inconstance
- Le Jeu de l'amour
  et du hasard

MARTINEZ
- Du domaine
  des murmures

MAUPASSANT
- Boule de suif
- Le Horla
- Une vie

MAURIAC
- Le Nœud
  de vipères

MAURIAC
- Le Sagouin

MÉRIMÉE
- Tamango
- Colomba

MERLE
- La mort est
  mon métier

MOLIÈRE
- Le Misanthrope
- L'Avare
- Le Bourgeois
  gentilhomme

MONTAIGNE
- Essais

MORPURGO
- Le Roi Arthur

MUSSET
- Lorenzaccio

MUSSO
- Que serais-je
  sans toi ?

NOTHOMB
- Stupeur et
  Tremblements

ORWELL
- La Ferme
  des animaux
- 1984

PAGNOL
- La Gloire de
  mon père

PANCOL
- Les Yeux jaunes
  des crocodiles

PASCAL
- Pensées

PENNAC
- Au bonheur
  des ogres

POE
- La Chute de la
  maison Usher

PROUST
- Du côté de
  chez Swann

QUENEAU
- Zazie dans
  le métro

QUIGNARD
- Tous les matins
  du monde

RABELAIS
- Gargantua

RACINE
- Andromaque
- Britannicus
- Phèdre

ROUSSEAU
- Confessions

ROSTAND
- Cyrano de
  Bergerac

ROWLING
- Harry Potter à
  l'école des sor-
  ciers

SAINT-EXUPÉRY
- Le Petit Prince
- Vol de nuit

SARTRE
- Huis clos
- La Nausée
- Les Mouches

SCHLINK
- Le Liseur

SCHMITT
- La Part de l'autre
- Oscar et la Dame rose

SEPULVEDA
- Le Vieux qui lisait des romans d'amour

SHAKESPEARE
- Roméo et Juliette

SIMENON
- Le Chien jaune

STEEMAN
- L'Assassin habite au 21

STEINBECK
- Des souris et des hommes

STENDHAL
- Le Rouge et le Noir

STEVENSON
- L'Île au trésor

SÜSKIND
- Le Parfum

TOLSTOÏ
- Anna Karénine

TOURNIER
- Vendredi ou la Vie sauvage

TOUSSAINT
- Fuir

UHLMAN
- L'Ami retrouvé

VERNE
- Le Tour du monde en 80 jours
- Vingt mille lieues sous les mers
- Voyage au centre de la terre

VIAN
- L'Écume des jours

VOLTAIRE
- Candide

WELLS
- La Guerre des mondes

YOURCENAR
- Mémoires d'Hadrien

ZOLA
- Au bonheur des dames
- L'Assommoir
- Germinal

ZWEIG
- Le Joueur d'échecs

www.lepetitlitteraire.fr

ISBN version numérique : 9782808015035
ISBN version papier : 9782808015042
Dépôt légal : D/2018/12603/512

Conception numérique : Primento,
le partenaire numérique des éditeurs.

Ce titre a été réalisé avec le soutien de la Fédération Wallonie-Bruxelles, Service général des Lettres et du Livre.